KB251397

벽돌들

벽돌들

목창수 시집

시인의 말

나무는 제 몸을 버려야 숲이 될 수 있고
숲은 제 몸을 버려야 불을 가질 수 있다

음지와 양지를 품은 나무

불을 피운다

벌목공이 선택한 숲

어떤 생의 불씨가 된다

2025년

목창수

차 례

● 시인의 말

제1부

제1부

진흙

한 올 연기로
가는 자만 서럽다

숲으로 간 새들의 어깨

붉게 찢긴 하루만 울다가
진흙 같은 슬픔을 버리고 웃는
저 모습 좀 봐

허공처럼 울어대더니
웃음에 날개를 달아 빛을 튕긴다

연기가
끌고 간 주검에 대해
미친 듯 슬픔을

그 울음 창밖에 던져버린다

웃음은 고통보다 빨라서

다시 흰빛은 떠오르고

표정의 세계에선 아무도 설득할 수 없어

진실과 거짓

흐르는 시간 속에서 얼굴을 바꾸고

가둘 수 없는 것들의 안부를 묻는다

지금도 누군가

주검의 바닥으로 떨어지고 있다

출구를 만들며

각자의 방식으로 잠들고 있다

돌

너의 조상은 보름달이었다

박쥐의 눈으로
바위 능선에 뿌리를 뻗어가는
지평을 넓혀가는
소리

울음 깊어지는 바위 끝에서
고독의 봄을 향한다 이슬 몇 방울로
붉은 영토를 지키는
生

새털구름이 머리 위에 가득하다

거미줄 얽힌 벼랑길
뒷골목의 상처 긁어낸 바위가
꽃을 피운다

수만 번의 건기
불을 밝힌다
진흙탕을 싫어하는 바람
별이 뜨는 정원을 넓혀간다

속눈썹부터 빛을 쓰다듬어
바위를 떠나서 혼자일 수 없는 너는
꽃을 피우지 못한 시간이다

꼭짓점

초록은 녹물

사랑은 빈집

분홍을 꿈꾸며

지상의 모든 햇살을 끌어안았으나

너를 향한 꼭짓점은

가시철망 같던 날들을 태양처럼

사랑의 뒷면까지 지워버리며

동굴 속으로 사라졌다

운명도 시끄러운 무늬

시간만 간절하게 흘러갔고

세찬 비를 퍼부을 때에도

왜 별은 빛나는지

세상의 모든 문들이

낙엽으로 물들었으니

봄은 매번 비장해지지 않아도 되겠다

고양이가 끌고 온 바다

책장을 넘기며
콩콩 냄새를 맡다가
책 속의 물고기를 죄다 풀어놓는다

거실은 바다가 되었다

퍼덕였다
미끄러졌다
첨벙거렸다

물꽃이 피어올랐다

있는 곳에서 벗어나려는 물의 습관

벽을 두드린다
정원 쪽으로 팔을 뻗는다
가사 없는 음악처럼

긴 호흡으로 바다 끝까지
유리창의 지느러미가 푸르다

너는 잠을 밀고 와
내 곁에 눕는다

있을 수 있는 이야기도
있을 수 없는 길이 되고 꽃이 되니

고양이 잠 속에 파도가
가라앉는다

꽃 목욕

등을 민다
저승꽃이 도둑처럼 숨어 있다

죽음이 간을 보고 간 듯하다

누군가 흘리고 간 발자국
통증 없이 핀 꽃
자궁에선 박쥐가 날아다닌다

이빨 자국 가슴
젖꽃판에 매화가 흩날린다

시든 꽃의 이름
우주의 골방 속 바다를

꽃의 긴 호흡이
들리지 않는 음악에 맞춰 흔들린다

부드럽게 휘는 그림자
장미 정원을 거닐며
달빛과 햇살 내려다본다

또 하나의 내가
집 거미의 술래가 되어

꼭꼭 숨어라 머리카락 보일라
아무도 찾지 않는 무덤 하나
보인다

집의 페이지를 뜯어먹다가

먼지의 시간
자음과 모음이 표정 하나 없이
허리가 휘도록 포옹을 하고 있다

그늘들의 술래잡기
바람이 훼방을 놓는다

목수의 솜씨로
상형문자의 문양을 살려
서정을 새기고 있다

온갖 화초가 자라는 정원
장미의 글자가 핀다

튤립 같은 남향집
노을이 안부를 묻던 집

문은 항상 열려 있다

집의 페이지를 뜯어먹는 한낮

글자 위에 누워
고적의 모서리를 완성한다

추월선

무당 신들리듯
한파의 붉은 기둥 바닥까지 끌어내렸군
고집 센 아이 주저앉히듯

겨울이
칼을 뽑아 들었어
아무도 설득할 수 없는 표정

우리 어렸을 때
겨울은 겨드랑이에 남아 있던 깃털
체온을 빼앗기곤 했어

폭군의 칼바람
연안의 섬들을 수장시킬 거라던
염려는 화면에서 뛰쳐나가고

찜질방 같은 더위
여름이 더욱 사나워졌다는

이 딱한 의문을 없던 일로 하자는군

발목 휘청거리도록 뛰어온 시골집
유난히 추워

창밖의 푸른 정맥과 창날 같은 고드름
아름다워서

어두운 날 낙동강 뚝뚝 끊어내던 유빙들

함께 떠내려오던 주검들
겨울이 겨울다워야 한다고 오고 있다

벽돌들

견고한 집들 차곡차곡 쌓을 때
구름은 가장 먼 풍경이 되었다

푸른 얼굴을 가진 말들
어둡지도 밝지도 않은 표정들로
집을 짓는다

기둥을 만져볼 수 없는 집
당신의 그늘에서 재가 되고 싶었지만
나의 눈은 박쥐를 닮아갔고

사각의 방안에
바다같이 깊어지는 방식
둥근 가구들을 배치할 작정이었다

공터를 빠져나오는 비는
나의 정원에 빛의 씨앗을 심고 있다

밝지도 어둡지도 않은 집 한 채

그 집 책장 속에 시 몇 편

꽂아두려는 듯

너는 왜 아픈 겨울인가

아픈 동백이네

양털 외투 걸치고
방한모까지 깊숙이 눌러쓴

밤길 오래 걸어도
문안 다녀간 얼굴을 거부하네

남으려는 몸
겨울을 사랑하고

누추한 삼월 가까워지면
표정이 좀 바뀔 것도 같지만

목을 꺾어
주검을 쌓고 있는 순교자의 자세

겨울은 첫 웃음

투명해서 무겁지 않다고

첩첩한 근심들
말문 막히는 풍경

생이라는 빙판 위로 뛰어내리네

오늘의 모습으로
꽃들의 무게를 버리네

미안하다 혼잣말을 해서

칼이 되었다가 구름이 되었다가
오늘도 모래 같은 말을 씹고 있다

연리지로 자라긴 어려워

너의 혀 속에
나의 혀를 들이밀면
그냥 다 서풍만 같아

그때 그 꽃을 볼 수 있을 거라는데

미안해

웃음을 웃음으로 말하지 말자
울음을 울음으로 말하지 말자

겨울과 여름으로
한 페이지의 일기장을 채우고

그때마다 너를 덮어주지 못했으므로

개처럼 으르렁거리며 이빨을 드러내는 너

너는

동굴처럼 깊고 깊어 캄캄하니

내 중심의 무게를 지울 수밖에

고비

우주가 탯줄을 끊은 날

발목 없는 시간은 사막의 질문을 외면하고
별의 길을 걷는다

적막의 축제
소리도 제 무덤을 높이고
살아야 한다는 비릿한 풀 냄새

침묵하는 검은 연기
와글거리는 모래바람의 몸부림 속에서

살아 있다는 모서리를 완성한다

고통의 중심
무거운 발목이 길을 잃을 때
불타버린 빛의 목록을 적는다

허끝에 맴도는
치아를 드러낸 이름이 낄낄거리고

놓아버린 추억들 허공에 두면
그을린 미래가 모래 속에 묻힌다

회오리바람을 일으키며
지워버린 이를 사랑하듯 무릎 일으켜

푸른빛 휘파람
풀씨 찾아 모래언덕을 넘는다

드라이플라워

문이 사라진
빈방의 드라이플라워

입속의 가시가 자라
미래는 안개 속으로 들어가 버렸다

어떤 선의도
너를 설득시킬 수 없다는 걸 알면서
한밤에도 꽃이 피는 걸 보고 싶었다

유리 천정은
아름답게 눈이 멀어
눈부신 정원을 꺼내주었는데

진실은
노을에 매달려
온기 없는 입술로 불운을 이야기하였다

말과 말 사이에

그늘이 지며

둘이었던 나는 하나가 되고

안녕이라는 인사도 없이

그림자만 펄럭거리며

나의 발목은 만년설에 덮여

깨진 꽃병이

가장 찬란했다는 것을 모르고

새 꽃병을 사러 간다

외로움도 다듬으면 힘이 된다

서쪽 하늘도 허공인가

오래 만지던 외로움 하나
노을 속으로 지려 하네

꽃 피운다
함부로 말하지 말자

아이야 너는 아직
싱싱한 초록 동쪽을 바라보고
걸어야지

우리가 푸른 숲일 때
초록이 함께 했지

오는 게 아니라
자꾸만 가는 것

모든 것이 가을 언덕에서 서성거릴 때

아침 없어도
깊은 잠의 눈꺼풀을 열어야지

외로움도 오래 갖고 놀다 보면

힘들었던 상처들
힘 빠지게 하던 질문들

그 모든 것들의 힘이 되지 않겠나

거울의 뒷면

묘지의 평화
고양이 발톱 같은 하루가
입술을 닫고 부드러워지겠다

사랑에게
사랑의 자세를 배우며

가시가 눈을 치켜뜬 탱자 울타리
무너뜨리고

기울어진 운동장 바로 세우고
버틸 수 없으면 버틸 수 있는 골목
끝까지 간다

봄도 불러
분홍을 껴입고
상한 마음을 거울 뒷면에 둔다

빛을 가지고
초원 쪽으로 나아가면
우산을 쓰던 날도 따뜻해지겠다

우기의 언덕을 넘을 때
서러운 풍경은 모이거나 흩어지고

어느 바다 한 켠
파도의 어깨를 가라앉히면
겨드랑이에서 날개가 쑥쑥 자라겠다

풍장

천의 얼굴,
우리의 발자국 소리는 멀어져만 갔다

계절은 불행했다

오늘은
검은 뼈만 남아
버려질 한 뭉치의 쓰레기였다

가두어 둔 여정
오고 있는 슬픔 같은 것이었다

여름과 겨울로 만나
봄과 가을로 살았다

나의 불꽃은
시베리아의 영혼

말로써 너를 베어내곤 했다

그러니까 우린 서로의 종점을 향해 달리고 있다

노을처럼 물들었던 거리
식어버린 육체인 듯 부서지고 있다

무정 블루스

어서 오세요 여기는 달이 컹컹 짖는 지옥홀입니다 눈웃음들이 그늘에 밟힌 사람들의 손을 잡아당깁니다 축축한 전등이 깜빡거리면 사시사철 비에 젖은 사람들이 거위처럼 뒤뚱거립니다 시든 꽃송이를 들고 이름도 성도 모르는 사람들과 빗장뼈를 나눠 가집니다 슬픔이 후끈 달아오릅니다 가시 울타리 같은 포옹으로 입술을 훔칩니다 늑대 가면을 쓴 남자가 여우 가면을 쓴 여인의 허리를 움켜쥡니다 어긋난 사랑의 나이테가 무너집니다 살사가 흐르는 홀에 선남선녀의 달콤한 부패가 성사됩니다 홀의 불이 꺼지자 차가운 바람이 목을 비틉니다 산동네 계단이 거꾸로 매달립니다 얼음처럼 차고 단단한 스텝을 늙은 쥐 한 마리가 피해 갑니다

제2부

빛의 시간

초록 말을 받아쓰는 바람
어두운 날의 쇠사슬을 푼다

젖은 모습으로
발가락만 꼼지락거리던 겨울

반쯤 뭉개진 몸을 끌며
홀로 듣는 허무

중얼거리며
북쪽 문을 닫아버린다

힘없는 것들은 힘 있는 것들을 믿어

근질거리는 몸 뒤틀며
던져두었던 불을 밝힌다

삼월의 밑변

강도 몸을 풀어

얼음의 무게를 버리고

차가운 것들의 방향을 바꾼다

이제 웃을 수 있겠어

아이의 치아처럼 투명하게

분홍의 모서리를 완성하였으니

푸른 계단으로 자라는

너의 뿌리는 계단

늘 푸른 근심이 자란다

차가운 것들의 방향

빗방울 떨어지는 소리를 들으며

눈먼 길

표정 없는 쪽으로 걷는다

지구의 종들은 계단을 쌓으며 태어나고

아버지의 아버지 아버지의 아버지, 아버진

빛과 그늘의 순서

중심 한 번 잡지 못하고

구름처럼 흩어지기도 했지만

수천수만의 울음소리로 태어나

어둠의 내부를 개척하며

세계의 문을 만들고 있다

길을 잃을 때
거꾸로 서서 내일을 바라보며
꽃을 피운다

발 디딜
층층 층계가 없으면
눈 뜨고 반짝이는 빛을 보지 못했을 터

잎사귀의 계단이 눈을 감아버린다면
허공이라는 걸 갖게 되었을 것이다

나도 내가 아닌 곳으로
흘렀을 것이다

수직으로 일어서는 한낮

입속에 가두었던 말
탁자 위에 던져놓고

모래와 얼음이 뒤섞인 표정
조금씩 일어서는 시간 나눈다

처음이며 끝

불현듯 어둠 속으로 가라앉으면
흰색을 기억하라던 어머니의 말씀

추락하지 않는 여름을 생각한다
수직으로 일어서는 한낮은 이렇게 푸르구나

빛과 그늘의 순서
여기까지 온 우리

슬픔이 끼어들 때

잘 닦은 마음으로 휘파람을 분다

우울한 빗방울
그토록 아무것도 아니었던 겨울

장미의 붉은 입술

비명처럼 달려오는 빛
따듯한 방 한 칸 갖고 싶어

배후 없는 창문을 열고
전단지처럼 떠돌던 한낮

반짝이는 것들의 목록을 적는다

절벽 무덤

주검이 주검을 포갠 채
묘지의 일가를 이루고

별빛이 잔인한 풍경에
물음표를 던지고

사람은 하늘 가까이 별자리를 찾고

지하동굴에서 뒹굴다
푸른 이끼 바람으로 일어서고

절벽 쪽으로 길을 열어
벌거벗은 이들을 위로하고

슬픔을 슬픔이라 말하지 말고

생의 다음 것을 생각해 보는 날
죽음이 주검을 부르는 음악을 켜며

돌아가는 얼굴과 돌아오는 얼굴이 겹쳐지고

산 자나 죽은 자나
지워지는 방식으로 웅성거린다는데

한 번도 느껴본 적 없는
그냥 다 울음 같은 입술로

가만히 어두워지고

버려진 운동장

꿈이 늙으면
버려진 운동장에서 논다

서쪽 노을이 놀다 가듯
먼지 낀 거울에 수북한 기억들

애들이 줄넘기를 한다

오래된 책
첫 장을 펼치기도 전에
모래 알갱이가 되어 바스러진다

운동장의 수상한 냄새
코를 운동장 구석으로 밀어 넣는다

울타리를 벗어난 짐승이 녹슬어간다

운동장 너머

버려지지 않은 무언가 있다

울음을 쥐고 태어나는 온기

콩나무 줄기 같은 사다리를 올라
버려지지 않은 운동장으로 걸어간다

흑색 공간

부리 긴 새들이

노을을 쪼기 시작하면

귀퉁이 찢긴 너는 모서리를 완성해 가네

은밀하게 날개 펄럭이며

가로등과 함께 온 너는

네온사인과 데이트를 하네

가을은 서로를 끌어안고

잎을 버리는 나무들

얼굴을 하나씩 짚어보고 있네

밤이 깊을수록

시간의 벽 너머로 달려가는

혀의 완만한 언덕

찢긴 피부의 질감을 알 수 없어

너를 그리기란 얼마나 어려운 일인지

너의 창문을 두드린 날부터

나는 그늘 속에서 자라

초대받지 못한 밤을 뚝뚝 베어 먹고 있네

구구단 외우기

건기는
소파의 곰팡이처럼
흘러간 노래로 귀를 채운다

늙어도 슬퍼할 힘은 있다

노래의 무게가 어둠 쪽으로 기울 때
성애처럼 번지고 있는 적막

안경 쓰고 안경 찾는 사람
육십 년 전의 노랫말
구구단 외운다

엉킨 유년의 노랫말
노랫가락에 푹 빠진 그녀

희디흰 미소를 터뜨리며
고향 쪽으로 돌아눕는다

전생이 가수였나
동백꽃을 열창한다

햇살에 웃고 비에 울던
풀꽃 같던 얼굴

쇠든 머리에
가을 지나 겨울로 가고 있다

오늘도 나는 늙은 노래에 젖는다

하관下棺

여름 한낮
청룡초등학교 정문을 지나 우회전한다

거기, 천상 낙원 표지판이
빛바랜 무지개를 흔들고 있다

고장 난 무릎
고통의 영락

이승의 끈을 풀고
잠시 눈 감으면

독약 같은 사랑도 문을 닫아
한 줌의 재로 남는다

불타는 얼굴
머리 숙인 생처럼 고적해서

풀잎 이끄는 길을 따라
연꽃처럼 웃고 오라

한 번 피면 질 수 없는 천상화

푸른 영혼들
멀리서 오고 있는 아이들 소리

바람 홀로
넓은 운동장 비질을 시작한다

분열

아이스크림을 나누어 먹었지
말끝은 달달하고 상큼했었지

이불을 뒤집어쓰고
까무룩한 꿈에 젖어 들곤 했어

때를 묻혀가고
세월의 옷도 바꿔 입었지

문턱이 닳도록 창문을 열고
종이 사막을 건넜지

눈 깜짝할 사이
백 년이 지나가고

수만 년이 써놓은 하나의 문장을
하루 만에 완성하곤 했지

말의 홍수

이불깃 당겨 덮어주곤 했지

말과 말이 비뚤어지고

뼈가 있는 종족이라는 자기과시가

가슴에 못을 치기 시작했어

우리는 환한 달을 먹고

검은 태양을 토해 내기 시작했지

안녕이라는 인사로 벽을 허물곤 했지

붉은 입술

한 송이 꽃으로 다가와
내 몸에 검은 집을 짓기 시작했다

네가 주는 독을 마시며
붉은 입술로 취했다

사랑한다는 말은
구름이 흘러가는 불모지

네가 남기고 간 모든 것들이
슬픔의 씨앗이었다

그 씨앗들을 사막에 심고
눈물을 키웠다

낙엽 같은 너의 마음을
장작 삼아 불을 지펴보았지만

나의 젖은 일기장들

떨어질 꽃잎

꽃송이를 꺾어야 했다

풍란

무릎을 꿇을 수밖에 없는
이 한파에, 새벽을 열고 나아가겠다고
양지쪽으로 손을 내민다

부르튼 손등
잃지 않으려는 너
불씨 하나 가지고
뒤축이 닳도록 걷고 있다

가을이 버리고 간
지평선에 몸 던지는 별
너의 시계는 언제나 밤 열두 시

발바닥에서 소금 냄새가 나
지상을 사랑했던 표정은 어디에 두었는지

단 하나의 거짓말을 사냥하러
맨발로 태양을 향해 걸어 다닌다

미안하다,
한 번쯤 말해줘야 할 내가
울음을 울었다고 고백해도 좋겠다

절벽 사방
그 길밖에 없어

바위에 몸을 밀어붙여
눈알 없는 물고기 한 마리 낚아 올린다

웃어라 웃어라
저 멀리 봄이 오고 있다

금 간 얼굴 다시 꿰맞춰
푸른 음표로 치장한 꽃잎을 달고 있다

새들의 울음

거대한 파도
숲은 새들의 울음을 기억한다

시간이 옷을 갈아입는다

나는 숲을 닦아
세상에서 제일 큰 정원을 갖는다

허물은 지울 수 없는 사치
고요로 채운 물속 그 비밀의 속살

그늘 한 송이
안개 뒤척이는 숲 하나 비워내고 있다

기껏 제 몸의 길이나 재는 자벌레

숲이 잡아당긴 활시위,
세상을 쥐었다 놓았다 한다

누구의 날갯짓인가

길 하나 반듯하게 눕는다

정처 없는

생을 장식해 준 건 청춘밖에 없어

이루지 못한 꿈

얼음꽃으로 진다

나무들의 악보

늙은 팽나무 한 그루

그림자를 키운다

오후는 언제나 졸고 있어

낮달의 이마 또한 언제나

강물에 젖는다

고요를 흔드는 고요

십리 길 강변

한 폭의 물안개를 피운다

어스름 철새 울음

별의 노래를 다듬는다

겨울과 겨울 사이에 떠도는

내 생의 주제곡

가사 없는 리듬들

한 번뿐인 콧노래 흥얼거린다

겨울비

뼛속까지 죄가 없다

초대받지 못한 초대장을 들고 창문을 두드린다

손발이 검게 얼었구나
풀잎의 등뼈를 곧추세워보지만
의붓아들의 한 덩어리 서러움

남쪽 지방에 겨울비가 오면
꿩 대신 닭이라는 말을 쓰곤 해

흰 길을 따라 걷다가 변심한 잎들
잎들은 슬픔을 다 버렸는데

너의 울음은 가난함을 더할 뿐

우기의 중심은 여름
집을 뛰쳐나간 바람둥이처럼

길바닥을 핥고 있는 너는
언제고 만나게 될 채권자 느낌

나의 입술에 키스를 퍼붓고 가는
불한당 느낌

이월

아이가 운다
젖을 물리자 그친다

울음은 아이가 살아가는 천국

꽃은 잎을 떨구며 얼굴을 버린다
사막이 능선을 쌓았다 허물 듯

일기를 쓰는 건 꽃잎이거나 사막

벽을 긁고
살아남은 겨울은
그들의 노래가 되었을까

눈물 대신 꽃을 배달하는 현수막 아래로
취객 하나 흔들리며 간다

타클라마칸을 건너는 수도승처럼

제3부

맨발

귀는 항상 하늘 쪽으로 열려 있다
나리 나리 개나리 노래를 부르며

마당에 선을 긋고
줄넘기 놀이를 한다

봄이었다가 겨울이었다가 한다

겨울을 걷고 있는 사람
흰 종이 같은 설원

숲을 맨발로 걸어본 적 있니
축축한 발바닥이 자랄 거야

나리 나리 개나리가 건반을 두드릴 때
그의 무지개는 항상 동쪽에서 떠오른다

바둑이와 영이는 국어책의 주인공

기도라 생각하는 순간 기도는 흩어지고
얼굴은 수초로 가득한 연못 같아

물가에 앉아
그림자의 목덜미를 만지며
나리 나리 개나리를 중얼거린다

책이 쌓이다

방 안 가득

주름이 많아 슬프다

손목을 풀어놓고 피로를 푸는

엎어진,

모로 누운,

모서리가 찢긴

열고 닫은 지문들

어두운 풍경은 모이다가 흩어지고

표정이 자유로운

생각은 테두리로 밀려나고

뜨거워진 책은 중심에 선다

뿌리는

바위 속에서 자라야 튼튼하고

쇠는 맞을수록

빛을 낸다

오래될수록 오늘은 부드러워지고

어제는 아름답지만

위태로워

깊이 잠든 책들

찬란한 기억들을 가졌으므로

나뭇잎의 검은

글자들

하수구로 모여 떠내려간다

슬픔의 경로를 따라

사라지는 일

책 속의 시체들

활자들과 눈을 맞춘다

얼굴

나는
물들어 간다
안개처럼

투쟁 끝에 앉은 꽃은
진흙으로 누추해지고

사라지지 않으려고
둥지를 틀고 남은 몸

아는 사람인가
검은 말씀 자욱이 깔리어
입에는 가시가 비죽비죽 자라고

하루의 길이는
삼 분의 일이 낮이고 삼 분의 이가 어둠이다

오늘의 불모로 내일은 오지 않고

어제까지 돌던 궤도는 원심을 잃어가고

뭉크의 자화상
트로트를 즐겨 부르며
인간극장에 고개를 처박고 있다

고독의 등뼈
한 발짝도 움직일 수 없어

나는
거꾸로 서서 내일을 본다

초원의 밤

적막의 끝자락

나는 어느 행성에 버려진 구름 한 점이었다

말발굽 소리

바람의 아우성을 걷어내면

이슬 같은 여인이 마두금을 켰다

수억 년의 주름이 만들어낸 초원

현의 떨림이 어둠을 흔들었다

새끼에게 젖을 물리지 않는 어미 낙타

슬픈 영혼의 노랫소리

고독을 품는다

별빛 깨우는 마두금 소리

슬픔의 갈피마다 단정한 그리움을 새겨

비운 뒤에 차오르는 적막 정처 없는 길을 따라
밀물처럼 썰물처럼 오가는 생의 악기

초원을 달린다

유혹

나는 육십 년식 삼단기어

추월선이 많은 고속도로보다 국도를 달리는 게 좋다

박쥐의 눈을 가진
말문을 닫고 사는 그는 늙은 인디언

무거운 클러치를 밟는다

몸 안에서 슬픔을 긁는 소리가 빠져나온다

모서리 닳은 시 한 줄에 느려터진 구름이 걸려 있다

닳도록 들은 애창곡 십팔 번은 바람 소리를 닮아 있다

트로트 따위는 낙엽이나 닦아주고
지난밤 블루스는 빈방이나 지키라 한다

발바닥에 열이 나도록 비벼대던 살사춤

각진 내 인생 둥글게 깎아내었던가

짧은 스커트를 입은 봄이 꽃잎을 한 바구니 담아오고 있다

길 위에 멈춰서
어떤 기어를 넣어도 꼼짝하지 않을 순간을 향하여

하나의 문이 닫히고
또 하나의 문이 열리고 있다

쿨럭거리는 심장을 달고 휘어지고 있는 국도를 달리고
있다

돌 3

　돌을 좋아하는 사람을 바람둥이라 하지요 돌을 찾아다니는 사람들은 애석하게도 애석인이지요 돌은 이미 돌인데 새로운 돌이 있지요 새로운 돌은 돌을 좋아하는 사람을 찾아낸답니다 이미 있는 것을 찾아 강을 걷는답니다 물가를 걷는 것이 아니라 물가를 훑는답니다 돌은 돌을 좋아하는 사람을 따라다니지요 비가 오는 날의 주전리 바닷가 하늘에서 돌이 떨어지기도 하지요 떨어진 돌에 맞아 머리가 깨지기도 하지요 돌에 묻어 있는 피는 무늬가 되기도 한답니다 파도 역시 돌을 좋아하는 사람을 따라다니지요 사랑받고 싶은 마음 없는 돌들 짐승처럼 달려들기도 하지요 소용없는 몸부림 스스로 몸부림칠 수 없는 돌은 물을 불러와 데굴데굴 구르지요 돌을 좋아하느라 눈이 먼 사람들 집으로 돌아가면 돌들은 그제서야 깊은 밤을 이끌어 와 몸을 씻지요 점멸을 시작하는 지옥의 등대 돌밭을 헤매는 불빛 돌에 비친 사람들 돌에 미친 사람들 돌에 새겨지지요

돌 4

당신은 신화입니다 날지 못하는 새보다 애틋한 신화지요 두 눈과 두 날개를 가졌지만 하늘을 날 수 없는 운명이었는지도 모르겠습니다 당신은 결국 혼자였지요 하나의 눈으로 하나의 날개로 날고 있었지요 어느 곳에 있어도 서북풍이 불었지요 절망이 되어버린 희망 당신의 꿈은 애증이었는지도 모르겠습니다 다만 나는 당신의 반쪽이었습니다 아이들의 눈과 아이들의 날개를 키웠던 당신은 이제 부서진 이름으로 남아 있습니다 생은 언제나 한쪽으로 기울어 있었지요 가야 할 곳 아직 멀었는데 시간만 갔지요 늘어지는 길 위에 서서 하루하루 문을 닫았지요 당신의 얼굴을 지웠지요 우린 이제 짐승의 노래를 부르며 정원의 꽃을 멀리합니다 다시 보이지 않는 당신 거울 속으로 들어가곤 합니다 나의 그림자 당신의 그림자 우린 그렇게 세상을 열었지요 서로를 조금씩 떼어먹으며 삶과 죽음만이 한 식구라고 중얼거려봅니다 어두운 날들 쌓여가는 들판의 꽃을 볼 때마다 당신은 천사처럼 아팠습니다 아무도 모르는 은둔자 당신의 신화는 까마득해지고 있습니다 산다는 게 자신만의 슬픈 신화를 만드는 것인지도 모르겠습니다

벽

한 장의 종잇장
영원이란 없는 것

목련 그늘 아래
상한 꽃잎들

그리움은 숨겨둔 보석 같아
찬란하게 왔다가 사라지는 것 같아

지나가는 햇볕
지나가는 바람

나의 아픈 손가락
빛나던 시절이 버티고 있다

너의 심장에 부리를 대고
울고 있는 새 한 마리 붉고

날이 밝도록 울고 있는 벽

시간의 문을 열고
그늘진 얼굴을 넘어가고 있다

무성한 그림자를 지우며 너를
건너가고 있다

섬

너의 유배지는 망망대해

파도의 울타리에 갇혀
너를 따르는 갈매기 몇

세상에 태어나
무인도란 이름 하나 가졌구나

너는 무채색으로
바람의 울음을 삭히고 있다

비구름 떠난 자리에
흩어진 후회들을 쓸어 모은다

체념의 무게
뱃길의 신호등 되어

불모지의 두꺼운 입술을 열고

얼굴 없는 얼굴로

수평선을 걷고 있다

두고 가는 꽃

장미 꽃잎

안녕하고 돌아서면

어느 날 서성거렸던 망설임

서서히 무너지고

나는 종이 인형처럼 너덜너덜해진다

너의 그림자로 녹아내린다

붉게 때로는 푸르던

백지 위의 길이 되고

세어 버린 머리카락

이별과 만남의 주름

빗방울 맞으며

황톳길 걸어서

노을 너머

저 홀로 깊어져 가는 어둠이여

날짜 없는 마른 일기를 지운다

무채색 하늘에서
젖은 슬픔은 장마처럼 쏟아지며
나는 우표 없는 편지 한 장
하얀 길을 써 내려간다

헛꽃

떨어질 꽃잎
씨앗은 눈물로 자랄 거니

우리의 웃음은 거품이었다
우리의 정원은 시드는 불모지였다

햇볕은
모서리를 완성할 수 없다

유리창처럼 웃으며
깨어질 만남

푸른 물이 흘러와
등뼈를 적시던 날

나는 너의 그늘에서
한 줌의 재가 된다

얼굴에 얼굴을 새기던

봄날은 가고

가을 쪽으로

삼월은 내가 버린 목련의 무덤 쪽으로

저녁 마른

일기장 속으로 걸어간다

발목은 자꾸 어두워지고

웃음과 울음의 경계에선 자꾸만

헛꽃이 핀다

검은 숲

바람이 출렁거린다

무한의 하늘은 별빛을 흔들고

은하수 줄기는 숲의 푸른 혀를 깨문다

잎들 소리의 건반을 두드리고

짐승의 뼈들은 무럭무럭 자라

새들의 노래를 껴입는다

안개의 앞니

속삭임 너머 환한 당신의 여름

나의 산책은

종잇장처럼 가벼워진 한낮 속에서

물결 거슬러 오르는 영혼을 만난다

숲의 것인지 바다의 것인지

겹겹의 층을

무심코 지나간다

기억 열차

달리는 열차
플랫폼이 없다

유년의 땅,

헛바퀴만 굴리던 아버지와
고기 잡는다고 잠방이 젖던 나

과거는 가는 게 아니라
이렇게 자꾸 와서

긴 그림자를 업고 통증으로 눕는다

수직의 날들
신발 뒤축은 닳고 닳아

절뚝이는 발목 쓰다듬을 때
허벅지 근육은 풀려

어둠은 밀려와
창문 위로 흘러내린다

동백꽃 지듯 지고
세월의 벽돌은 하나씩 무너져 내리고

눈
먼 신기루
다만, 소실점을 향해

멀어진다

종

폐교의 종

풍장 된 짐승처럼

붉은 녹으로 물들어

녹슨 뼈만 남긴 채

깨지고 금이 간 자리마다

푸른 멍이 출렁거렸다

허공을 얽어맨 종소리

등짐 같은 시간을 견디며

한숨을 내쉴 때마다

한 겹씩 어둠이 내려앉았다

소리의 쉿내로

짓무른 울음만 떨구어진 것도

인생을 다한 누군가

제 몸을 포기한 것처럼

메마른 입술과 검은 얼굴이

윤기 없는 무덤으로 변해 갔기 때문이다

제4부

고비

우주가 탯줄을 끊은 날

발목 없는 시간은 사막의 질문을 외면하고
별의 길을 걷는다

적막의 축제
소리도 제 무덤을 높이고

살아야 한다는 비릿한 풀 냄새

침묵하는 검은 연기
와글거리는 모래바람의 몸부림 속에서

삶이란 껍데기

살아 있다는 존재감만으로
귀퉁이 찢긴 모서리를 완성한다

고통의 중심을 걷다
무거운 발목이 길을 잃을 때

불타버린 빛의 목록을 적는다

허끝에 맴도는 이름
치아를 드러낸 고독이 낄낄거리고

놓아버린 추억들을 허공에 두면
그을린 미래가 모래 속에 파묻힌다

회오리바람을 일으키며
지워버린 이를 사랑하듯 무릎 일으켜

푸른빛 휘파람
풀씨를 찾아 모래언덕을 넘는다

휴지통 속의 별

산책을 하다 보면
머리 위로 별이 뜬다

웃는 별
흐린 별
슬픈 별

안녕이란 인사를 하며
악수를 청한다

손목에서 꺼낸 악수
별빛은 손을 거두며 사라진다

도둑맞은 난 분

저 별은 헛것이다

좁은 골목 입구에 별의 집이 있다

핏줄 같은 골목을 따라 별이 뜬다

휴지통엔 별들이 쌓여만 간다

슬픔은 언제나 발밑에 묻는 사람

맨발로 걷는다
봄보다 가을을 먼저 읽는 사람

꽃보다 네가 먼저 만져지고
바람보다 너의 목소리에 먼저 물든다

이웃을 넘지 않는 담쟁이넝쿨
슬픔은 언제나 발밑에 묻는 사람

가시 돋친 저녁
서로의 등을 토닥일 때

사랑해서 배고프지 않았던 시절이 떠오른다

기나긴 어둠의 터널
기나긴 겨울에서 나오지 않는 사람

나를 버리면 네가 만져지는

붉은 정원을 아직도 걷고 있다

내 품에 안긴 프리다 칼로

돌이 흐느끼고 있다
창문에 낀 바람의 새끼손가락

산전수전 닳고 닳은 내가
벽 속에 갇혀 있다

어둠의 모서리가 자라는 저녁에
무언의 울음소리 커지고

아홉 시 뉴스에선 이산가족의 상봉이 방영되고 있다

쓰레기장에 얼굴을 묻는 일이란
외로움에게 먹이를 주는 일

초조한 기색
피부엔 온통 마른 염전이 피고
시선은 자꾸만 강 쪽으로 흘렀다

물속에선 매일 꽃을 피웠지만

천 길 벼랑에선

개 같은 날의 무게에 짓눌려

기울어진 날개는 닳아 없어지고

출구를 더듬던 무덤처럼 솟아올라

표정을 잃어버린 얼굴로

검은 꽃송이라는 이름표를 달았다

나비넥타이에 까만 정장을 하고

물의 심장을 가진 너는

내 품에 안긴 프리다 칼로

빵

야금야금
맛있는 입술부터

발가락만 남겨놓고
빵을 먹는다, 흰 이빨을 드러내며

요즘 애들은 다 그런 거야
거울을 들여다보던 아이, 아이들이
달이 없는 밤 묘지 곁이라면 더 맛있었을 텐데

반은 익고 반은 덜 익은 냄새
창밖은 붉은 우울로 가득하고

아침은 거르고
점심은 살아 있는 한낮 한 알을
저녁은 무지개의 얼굴을

탱글탱글한 빵이 맛이 있을 거야

온실에서 우유를 먹고 자란 빵은 맛이 없어

선인장처럼 가시 돋친 빵도 있어

어제저녁

마누라에게 한 대 맞은 뺨을

빵처럼 뜯어 먹고 있다

악마의 혀

비밀문서의 흰 삐라를 뿌린다

바람과 한통속
발자국의 흔적을 지운다

때 이른 폭설
누가 눈을 천사의 날개 비늘이라 했나
눈꽃은 지독한 환영일 뿐

안녕,
매몰차게 돌아선 첫사랑
온 세상을 붉은 질투로 덮고 있다

일기는 벽 속에 갇힌 항아리

눈웃음으로 위로받고 싶은 허기
계절은 너를 맞이할 손바닥을 펴지 않았는데

폭설은 산과 들을 게걸스럽게 먹어 치운다

도시는 방아쇠 없는 총을 가지고
아군 적군 구분도 없이

귀뗴기 파란 가로수
가로등 와글거리는 밤길 걸어
입속에서 빠져나간 문장들을 불러 모은다

분분한 눈길을 하염없이

일요일 오후

토요일의 파티 멈출 수 없어

눈빛 흐린 사람들
아득한 저녁에 내려앉는다

잃어버린 얼굴들의 어제가 다시 오고

닭힌 눈동자 안개등을 켜고 달린다

하루의 울음을 모아놓고
짐승이라는 말을 오래도록 생각한다

개보다 더 개처럼 묶여
이것이 아니라고 생각할 때

그늘의 두께로 물의 습관을 동경한다

엇박자로 걸어온 길

문밖에 쌓인 잿더미 새벽을 뒤적거린다

꽃이 자랄 수 없는 곳
타지 않는 쓰레기로 분리된 우리

푹푹 썩어가는 중이다

홍매화

젖은 날개를 털고
봄의 응답처럼 불 밝힌 너

얼었던
손목 발목 풀어
내부를 넓혀가네

생을 허물며
온종일 빛을 끌어안고

아직 겨울
잠을 물고 있는 잎

통증이 만삭인 밤길 걸어
툭, 치면
이승의 끈을 놓아버릴 것만 같은데

붉은 얼굴 달고

입술을 연 너는

누구의 가슴에 불을 지피려는가

몽돌

일광 바닷가
흑인 여인을 닮은 몽돌

둥근 얼굴 낭창한 허리
아프리카 고대 부족의 추장 부인 같은
바다를 품고 왔나

쏴아 쏴아 파도 소리 들리고
하늘을 물고 있는 수평선

베이비 오일로 화장을 시키면
미인 중의 미인이다

노예로 살다 간 선조들
아픔의 세월을 묻고 있는 여인
비극처럼 슬픔을 나눠 갖는다

폭풍이 몰아칠 때

일광 바닷가를 가보라

뼈와 뼈가 부딪히는 고통이
얼마나 아름다운 노래로 뒹구는지

만추

맹렬한 빛으로 달려와

열매를 맺었으니 나 이제 침묵할게요

잎 지고 곧 어두워질 테니까요

우울한 저녁이 되겠지요

어제의 찬란함은 잊을게요

이 계절만 오면

나는 무지갯빛을 잃고 흔들려요

양들이 건초를 먹으며

사무치게 여름을 그리워하듯

저물어도 서쪽으로 가고 싶어요

긴 밤이 시작되면

나는 희멀건 죽처럼 풀어질 거예요

음악이 흐르고

계절은 저물어가고

투명하다는 건 힘이 될 수 없어요

별들이 내게서 자꾸 뒷걸음을 치지만

연두부처럼 부드러운 밤이에요

죽는 방식은 사는 방식

저녁은 밀가루로 반죽하고 싶은

뒷모습이에요

산책

출구가 닫혀 있는 집
현관 손목을 잡을 때마다
눈길이 나를 쳐다보았다

어떻게 들어왔니
개처럼 짖는 사람이
심장을 창날처럼 물었다

방문을 열어보니
초대받지 못한 사람들이
노래를 불렀다

버들가지 같은 노래를
금이 간 접시 같은 노래를
노래가 그들을 조금씩 삼키는 것 같았다

빛은 양의 나라고
어둠은 늑대의 나라라고

나의 귀는 맹렬한 쪽으로 다가갔다

언제 어디서나 불가능한 가능
갈 수 없어 가고 싶은 나라가 있다

누군가 나의 잠을 깨웠다
아침 풍경에는 아침이 없고
새가 대신 아침이라고 말해주었다

그냥 다 북풍만 같아 눈이 내리고

사막을 건널 수 있을까

창문이 뛰어내리듯
말 같지 않은 이유로 얼룩이 진다

너의 마음에
나의 마음을 앉히면
그냥 다 북풍만 같아 눈이 내리고

빈 들녘이 되고 싶었으나
입을 열면 구름만 쏟아져 나와
자꾸 구멍이 생겼다
사랑도 그 구멍 속으로 빠져들곤 했다

일기장은 젖은 땅의 맨발
불편을 들이면 그만한 친구도 없었다

"우산이 되어주세요

내 사랑 비를 맞아요"

서로의 등을 토닥거렸지만
눈을 뜨니 실패한 꿈

이기적인 마음들
내 중심의 무게를 지운다

돌 9

　가슴에 품어야 돌이 된다 발길에 차이고 굴러다니는 돌도
가슴에 품으면 비로소 돌이 된다 민낯을 보이며 말을 걸어
오는 돌이 된다 돌도 감정이 있어 자신만의 색을 지닌다 한
점의 돌 감성적인 돌을 보려면 바람에 깎일 줄 알아야 한다
물이 만들어낸 곡선 물이 만들어낸 곡면 절묘한 조화만이
돌이 된다 넓은 돌과 저수지를 품고 우뚝 솟은 산봉우리가
있어야 한다 실물 그대로 안방에 풀어놓는 짐승이 돌이 된
다 청송은 천의 얼굴을 갖는다

　나비 문양 두 날개를 펴고 날아오른다 돌의 침묵에서 들
을 수 있는 말은 말 밖의 말이지 글 밖의 글이다 한 점 돌은
자연의 언어다 문자다 자신을 갈고닦은 하늘이다 수억 년
물길이다 돌과 이야기를 나누며 가만히 앉아 있는 사람 사
람을 좋아하는 돌이다 임진강 주상절리의 인연 얼굴을 씻고
나온 태풍은 눈 한 번 감았다 뜬 달이다 한 마리 나비가 되
고 싶은 꿈이다

'시인'으로 죽는/사는 방식

정재훈

'시인'으로 죽는/사는 방식

정재훈

(문학평론가)

> 혀의 '끝'에서 맴돌고 있다는 것은 무엇이 움은 텄
> 으나 꽃을 피우지는 못한 상태를 의미한다. 그 무
> 엇은 자라지만 말없이 애타게 기다리는 자의 입술
> 위에 다다르진 못했다.
>
> — 파스칼 키냐르, 『혀끝에서 맴도는 이름』 중에서

시는 세계에 찢긴 고통의 여백이다. 탯줄이 끊어지는 순간
부터 선언되는 생의 외침과 함께 무덤의 입구 또한 은밀하게
열린다. 말의 탄생도 필연적으로 죽음으로 향한다. 언젠가 사
라질 것을 알기에 더욱더 빛을 발하는 별의 행보가 그러하듯

누군가의 메마른 질문도 스스로 혹독한 사막의 길로 머리를 튼다. 목창수의 이번 두 번째 시집은 말과 존재들의 탄생과 죽음이 뒤섞인 "적막의 축제"(「고비」)이며, "삶이란 껍데기"를 고통스럽게 벗겨 스스로 "고통의 중심"으로 추락하는 몸짓들이 난무한다. "불타버린 빛의 목록"은 그 몸짓들의 탄생과 죽음을 증명하는 기록이며, "혀끝에 맴도는 이름"은 이승과 저승의 경계를 맴돌며 아직까지 누구의 이름으로 결정되지 못한 채로 남았다.

시는 생사의 경계를 위태롭게 하는 불순함 그 자체다. 그래서 시집을 내놓는다는 것은 본디 세계와의 불화를 몸소 증명하려 하는 고통스런 몸짓이다. 자연스레 「시인의 말」에 눈길이 가게 된다. 나무에서 숯, 그리고 불로 이어지는 일련의 과정에서 '버림'에 주목한 시인의 완고한 눈빛은 곧장 어두운 숲의 행간을 비집고 들어가 작은 "생의 불씨"를 피운다. 씨앗으로 응축된 말은 물리적인 과정만을 가리키지 않는다. 이 짧은 「시인의 말」에서 중요한 이미지를 꼽자면, 그것은 "음지와 양지를 품은 나무"다. 죽음과 삶을 동시에 품은 '시'는 무엇으로 제 자신을 증명해야 할까. 시인에게 '시'는 삶의 달콤함을 선사하는 열매보다는 뜨겁게 불을 뒤집어쓴 숯이어야 했다. 불타 죽으면서 다시 살아나게 되는 숯. 그렇게 과육이 다 발라져서 볼품없는 씨앗의 맨살을 드러내는 것보다는 꺼질 듯 하다가도 언젠가 확 불타오를 수도 있는 불씨를 품는 것이 더 '시인'답다고 생각했을 것이다.

견고한 집들 차곡차곡 쌓을 때

구름은 가장 먼 풍경이 되었다

푸른 얼굴을 가진 말들

어둡지도 밝지도 않은 표정들로

집을 짓는다

기둥을 만져볼 수 없는 집

당신의 그늘에서 재가 되고 싶었지만

나의 눈은 박쥐를 닮아갔고

사각의 방안에

바다같이 깊어지는 방식

둥근 가구들을 배치할 작정이었다

공터를 빠져나오는 비는

나의 정원에 빛의 씨앗을 심고 있다

밝지도 어둡지도 않은 집 한 채

그 집 책장 속에 시 몇 편

꽂아두려는 듯

— 「벽돌들」 전문

　　견고하고 촘촘하게 배치된 집들의 모습에서 규격화된 삶의 방식이 떠오른다. 구름은 빽빽한 벽돌들을 무대 삼아 한층 더 뿌옇게 흩어진다. 천편일률적으로 박힌 벽돌들 틈으로 구름은 멀리 달아난다. 울음과 고독의 시간을 감내했던 원석에 가까운 시간(「돌」)이 잘려 나가 이제는 사각형 모양의 벽돌처럼 박혀 있다. 그동안 한 치의 틈도 허용되지 않았을 것이다. 그러다가 어느 날, 불순한 이웃이 이사를 왔다. "밝지도 어둡지도 않은 집 한 채"가 이 경직된 행간에 틈을 만든 것이다. "사각의 방안에"다가 "둥근 가구들을 배치할 작정"이라면 틈은 더욱더 넓어질 수밖에 없게 된다. 음지와 양지를 품은 나무처럼 "어둡지도 밝지도 않은 표정"에서 이웃들은 무척이나 당황스러웠을 것이다. 이도 저도 환영받지 못했던 "박쥐"는 경계를 늘 조롱해 왔다. "푸른 얼굴을 가진 말들"도 점차 노골적으로 빛을 발하기 시작한다. 바위 능선을 오르내리며 굴곡마다 스민 어둠 속에서 자유롭게 날갯짓을 한다. 어두울수록 푸른빛이 강렬했던 말들이 어느덧 "빛의 씨앗"이 되어 서재에 박혔다. 벽은 그 이후부터 조금씩 무너지기 시작했다.

　　아이스크림을 나누어 먹었지

말끝은 달달하고 상큼했었지

이불을 뒤집어쓰고
까무룩한 꿈에 젖어 들곤 했어

때를 묻혀가고
세월의 옷도 바꿔 입었지

문턱이 닳도록 창문을 열고
종이 사막을 건넜지

눈 깜짝할 사이
백 년이 지나가고

수만 년이 써놓은 하나의 문장을
하루 만에 완성하곤 했지

말의 홍수
이불깃 당겨 덮어주곤 했지

말과 말이 비뚤어지고
뼈가 있는 종족이라는 자기과시가

가슴에 못을 치기 시작했어

우리는 환한 달을 먹고
검은 태양을 토해 내기 시작했지

안녕이라는 인사로 벽을 허물곤 했지

—「분열」 전문

　"아이스크림"은 원래 점잖은 것과는 거리가 멀다. 혀로 핥
아서 먹기 때문이다. 혀끝을 희롱하듯 퍼지는 단맛이 엄숙한
분위기를 조금씩 녹인다. '빛의 씨앗'처럼 작은 불씨만 하나
있다면, 시인은 규격화된 삶을 모조리 불태워버릴 수 있을 것
같았다. 불순함의 씨앗은 한번 자라면 여기저기 줄기를 뻗기
시작했다. 고단했던 하루의 끝에 "이불을 뒤집어쓰고" 아득한
꿈에서 무중력을 느끼기도 하고, 거추장하고 때 묻은 "세월의
옷"도 말끔하게 벗어버리면 그만이었다. 이 모든 것들이 '시'
를 알고 나서 겪게 된 일들이었다. "종이 사막"에서 처음으로
습작의 밤을 홀로 보내야 했을 때는 지금까지 한 번도 느껴본
적이 없던 추위에 몸서리쳤을 것이다. 하지만 "수만 년" 동안
쓰인 별빛을 "하루 만에" 본 적도 있었다. '시 쓰기'라는 사막
에서 느낄 수 있는 특권이었다. 푸른빛이 도는 이방인의 표정
으로 이곳 사람들과 대화는 서툴렀기에 "말과 말이 비뚤어지"

는 일은 여전히 다반사였다. 하지만 가장 단순하면서도 진심을 담아 "안녕이라는 인사"를 건넬 때는 마음 사이에 있던 "벽"이 조금씩 허물어지는 것 같았다.

나는
물들어 간다
안개처럼

투쟁 끝에 앉은 꽃은
진흙으로 누추해지고

사라지지 않으려고
둥지를 틀고 남은 몸

아는 사람인가
검은 말씀 자욱이 깔리어
입에는 가시가 비죽비죽 자라고

하루의 길이는
삼 분의 일이 낮이고 삼 분의 이가 어둠이다

오늘의 불모로 내일은 오지 않고

어제까지 돌던 궤도는 원심을 잃어가고

뭉크의 자화상
트로트를 즐겨 부르며
인간극장에 고개를 처박고 있다

고독의 등뼈
한 발짝도 움직일 수 없어

나는
거꾸로 서서 내일을 본다

—「얼굴」 전문

　‘안녕’이라는 말 한 마디에도 여러 가지 의미가 있다. 최소한의 몸짓에도 맥락에 따라 다양하게 읽힌다. "안개"처럼 물들어가는 얼굴을 어떻게 읽어야 할까. 이 얼굴을 향해 안녕이라는 말을 어떻게 건네야 하는가. 눈에는 보이지만 만질 수 없는 얼굴을 정말로 "아는 사람"이라 말해도 되는 것일까. 눈앞의 것들이 모두 진실은 아니다. 진실은 인간의 영역이 아니다. 인간은 그저 "극장" 무대 위에 잠깐 나타났다 사라지는 단역과도 같은 존재이다. 나 또한 하루하루 무언가에 의해 물들어가고 있는 지극히 나약한 존재이다. "등뼈"에 고통의 하루치가

매일 덧씌워지고, "볼모"로 잡혔던 날들이 "내일"이라는 이름
으로 또다시 나를 배신할 것이다. "하루의 길이" 중에서 어둠
이 한낮보다 더 길어질 때면 그때마다 "가시"가 "비죽비죽" 자
랐다. 그것이 계속해서 마음을 찔러댔다. 하지만 어둠이 더 길
어졌다는 것은 아직 나에게 주어진 "검은 말씀"이 더 남아 있
다는 의미기도 했다. 한낮의 폭거가 강렬할수록 그 말씀은 "투
쟁"의 메시지처럼 강력하게 다가왔다.

떨어질 꽃잎
씨앗은 눈물로 자랄 거니

우리의 웃음은 거품이었다
우리의 정원은 시드는 불모지였다

햇볕은
모서리를 완성할 수 없다

유리창처럼 웃으며
깨어질 만남

푸른 물이 흘러와
등뼈를 적시던 날

나는 너의 그늘에서

한 줌의 재가 된다

얼굴에 얼굴을 새기던

봄날은 가고

가을 쪽으로

삼월은 내가 버린 목련의 무덤 쪽으로

저녁 마른

일기장 속으로 걸어간다

발목은 자꾸 어두워지고

웃음과 울음의 경계에선 자꾸만

헛꽃이 핀다

—「헛꽃」 전문

"한 줌의 재"가 되고픈 심정에 대해서 누가 함부로 입을 열 수 있을까. 그러니 '투쟁'이라는 것도 아무나 할 수 있는 일이 아니다. 어떤 거창한 일을 가리키고자 함도 아니다. 오히려 "웃음과 울음의 경계"에서, 그 일상 안에서 벌어지는 투쟁이

다. 스스로를 맹렬하게 불태울 줄 알아야만 '한 줌의 재'도 묵
묵히 받아들일 수 있게 된다. 깨어질 줄 알면서도 "만남"을 강
행하려는 심정도 투쟁이고, 어둠에 발목을 적시는 메마른 저
녁도 투쟁의 연속이다. 세월의 무게에 쓸려 제일 먼저 티가 나
는 "모서리"는 점차 그 끝이 오므라들면서 마치 꽃잎처럼 닳아
간다. 햇볕을 외면한 모서리는 이전과는 전혀 다른 꽃을 피우
기 시작한다. 이것은 우리가 지금까지 본 적이 없는 꽃이다.
열매를 맺지 못하는 꽃이라 하여, 그것은 꽃이 아닌 것일까.
오히려 아무것도 하지 않으면서 열매를 탐하는 자만이 '헛꽃'
에 속는다. "일기장"이라고 하여 그것이 오직 나만의 이야기
일까. 나의 웃음과 울음일지라도 그것은 누군가의 이야기가
될 수도 있다. '웃음과 울음의 경계'가 눈물로 흐릿하게 감춰
진 것이 순전히 나 때문만도 아니다.

야금야금
맛있는 입술부터

발가락만 남겨놓고
빵을 먹는다, 흰 이빨을 드러내며

요즘 애들은 다 그런 거야
거울을 들여다보던 아이, 아이들이

달이 없는 밤 묘지 곁이라면 더 맛있었을 텐데

반은 익고 반은 덜 익은 냄새

창밖은 붉은 우울로 가득하고

아침은 거르고

점심은 살아 있는 한낮 한 알을

저녁은 무지개의 얼굴을

탱글탱글한 빵이 맛이 있을 거야

온실에서 우유를 먹고 자란 빵은 맛이 없어

선인장처럼 가시 돋친 빵도 있어

어제저녁

마누라에게 한 대 맞은 뺨을

빵처럼 뜯어 먹고 있다

　　　　　　　　　　　　　　　　　　　—「빵」 전문

　아이스크림을 핥고, 빵을 먹는 입을 당연하다고 말할 수는
없다. 빵의 역사에서 풍족함 뒤에는 늘 배고픔과 결핍이 뒤따
랐다. 입은 풍요와 결핍 사이에 있다. 결핍을 모르는 입은 그
저 채우기에만 급급할 뿐이다. "온실에서 우유를 먹고 자란

“빵”은 인위적이며 자연 본연의 맛과는 거리가 멀다. 매끄럽고 “탱글탱글한 빵”은 그저 먹음직스럽게만 보이는 것뿐이다. 앞서 우리가 지나간 적이 있는 ‘종이 사막’ 어딘가에 서서 혹독한 한낮을 견디고, 차디찬 새벽을 맞이했던 “선인장처럼 가시 돋친 빵”이 있다면, 그 맛은 분명 우리가 알던 것과는 분명 다를 것이다. 문득, 이 빵이 만들어지는 ‘발효의 시간’이라는 것도 있지 않았을까 자연스레 떠오른다. 시간이 흘러 발효가 되어 풍성한 맛이 날지, 아니면 잘못되어 썩어버릴지는 아직 알 수 없다. 그저 눈앞에 무엇인 상태로 움만 텄을 뿐, 꽃으로 필지 안 필지는 아직 알 수 없는 것이다.

혀끝을 맴돈다고 하여도 그것은 가능태에 머문다. ‘시’를 말 없이 애타게 기다리는 입술은 무엇 하나도 확실하게 단정 지을 수가 없었을 것이다. 그러니 아무리 “장미의 붉은 입술”(「수직으로 일어서는 한낮」)로 “온 세상을 붉은 질투로 덮고”(「악마의 혀」) 싶어도 그 불순한 마음조차 아직까지는 움튼 상태에 불과하다. 하지만 언젠가 그것은 피어날 것이다. 그때가 되면 어마어마한 폭발력을 보이며 누군가의 마음을 활활 불태울 것이다. 목창수 시인에게 ‘시’는 붉은빛을 내는 간절함이며, 생의 씨앗이다. 그러니 시인으로서는 늦가을 풍경처럼 뜨겁게 타올라 한 줌의 재와 함께 “검은 뼈만 남아”(「풍장」) 종이 사막 위를 스친다 하더라도 일말의 후회는 없을 것이다. 시인으로서 “죽는 방식”(「만추」)은 다시 시인으로서 유일하게 “사는 방식"이 될 것이다. 음지와 양지를 모두 하나의 나무가 품은 것처럼 시인은 오늘도 세계의 웃음과 울음을 그러모아 존재의 집을 짓는다. ▨

| **목창수** |

경남 사천 출생. 2022년 『영호남문학』, 2024년 『문예연구』로 등단하면서 작품활동을 시작했다. 시집으로 『인동초』가 있다.

이메일 : mokcs2023@gmail.com

현대시 기획선 125

벽돌들

초판 인쇄 · 2025년 6월 5일
초판 발행 · 2025년 6월 10일
지은이 · 목창수
펴낸이 · 이선희
펴낸곳 · 한국문연
서울 서대문구 증가로29길 12-27, 101호
출판등록 1988년 3월 3일 제3-188호
편집실 | 서울 서대문구 증가로31길 39, 202호
대표전화 302-2717 | 팩스 · 6442-6053
디지털 현대시 www.koreapoem.co.kr
이메일 koreapoem@hanmail.net

ⓒ 목창수 2025
ISBN 978-89-6104-384-7 03810

값 12,000원

＊ 이 시집은 2025년 부산광역시, 부산문화재단 지역문화예술특성화지원사업의 지원으로 제작되었습니다.

＊ 잘못된 책은 바꾸어 드립니다.